청어詩人選 463

달팽이

김효정 시집

청어

뜨거운 사막에서 선인장은
잎을 좁히는 지혜로 수분 증발을 막고
동물이 자기를 먹지 못하게
가시는 길어지고 키도 커진답니다

올해 그 뜨거웠던 여름 아니라도
몇몇 해나 우매한 눈 밝히느라
유희적 그리움에 밑줄만 그었습니다

씨앗의 화두 칠순 되어서야 싹을 틔웁니다
그저 제 곁의 소중한 사람과 사물을
도탑게 접하려는 공감관찰입니다

2016년 제1시집 『달의 멜랑콜리』 이후 내는
2024년 제2시집 『달팽이』입니다

차례

2부 아쿠아로빅

1부

달팽이

〈달팽이〉

달팽이

음표 더듬이 단 달팽이와 눈 맞추네

6억 5천만 년 전 기억 나사 집 속 감추고
수도자인 양 뒷짐 지고 나 잊은 지 오래

느리게 느리게 가는 힘 건드리는 빗방울 톡

계속 비 내리는데 톡톡톡 쉼표 지우며
피안의 세계 가는 길 포복(匍匐)으로 닦아내네

퍼스트 타임

한 세기 넘는 찰나
고압 빨간 전선
태양에 눈이 멀어
종소리 얼음 시작

어디서 본 기시감
떨리는 입속말뿐
우주에서 온 당신
숨소리 얼음 땡

청춘은 겁 없이

어항 속 열대어 물속 가르며
종일 암컷 꽁무니 따라다니더니

지느러미와 꼬리 힘으로
그리운 냄새 물풀에 쏟아낸다

너의 구애 저렇게도 애절하다니

청춘은 겁 없어 직진
빛나던 별빛 어디서 헤매었는지

눈물 걸어간 자리마다 짠 내음
염도 조정하지 못해 묽은
바다는 더 이상 푸르지 않아

떠나간 시간 희석되지 않아
또 다른 문 열지도 못하다니

소나기

바지랑대 줄 하얀 빨래
눈물 얼룩진 빗방울 무늬

언제나 틀린 사랑 방정식
쏜살같이 지나가는 비

잊혀 가는 시간 길어
먹구름 색 흐릿해질 때

한 생명 우주 열고 오면
습한 눈동자 빛날 수 있어요

포근한 뭉게구름
둥실거리며 품을 내어주네요

봄날엔

너 부르고 싶은 봄날엔
앙다문 겨울 입술 풀어
그리운 노래 불러야지

햇살 머금은 수양버들
치렁치렁 땋은 머리
눈부신 얼굴 마주 봐야지

기웃거리는 바람
꽃순 만지작거리면
배시시 웃는지 봐야지

너 잊지 못하는 봄날엔
스러져도 다시 올 사랑
마음에 품어 새로 피어야지

매화 1

날 쌀쌀한데 일찍 오시겠소
봉긋한 입술로 맞이하리오

남아있는 겨울 사모하다
그리움 한 줌 잉태한
꽃나무 정(情) 풀어놓으리오

마음 급해 꽃잎 먼저 피었소
백매화 자태 뽐내며 기다리오

노란 꽃 수술 장신구 달고
만발한 춘정으로 오시겠소
은은한 봄 마중 같이 가시겠소

매화 2

흰 눈 속에서도 피거늘
바람에 맥없이 연약하네

가지 꺾어 달항아리에
덩그렇게 꽂고 보니

고요 속 수묵화 한 점

꽃 은은하여 봄날인데
향기 함부로 뺕지 않네

올해도 설중매가

한겨울 좋아하던 선비
가슴에 키운 매화분에 꽃이 피었답니다
절절히 맺힌 눈물 분분히 단
경대 앞 화장한 고운 맵시 반했답니다

눈송이 아래 부끄럼 감춘 자태
겨울 뒤도 안 보고 기세 키워 추운데
질투심은 꽃샘바람에 보내시지요
잎 하나 없이 피는 꽃 으뜸이랍니다

낮달

밤새 기다린 설움

구름 사이 풀어놓은
반달 중천에 뜨면

빛나던 해 부끄러워
두 손으로 얼굴 가립니다

별들 사이 빛나던
당신 달무리 지면

고운 얼굴 그립습니다

여름의 소리

너의 소리는 푸르른 미루나무를 흔드는 바람이네
물방울 냄새를 가진 새처럼 팔랑거리는 음색
내 귀가 나무의 새순으로 피어나 쫑긋하네
나는 너의 부름에 오늘도 명랑하게
온 여름이 나의 품에 안기네
초록빛 너를 올려다보네
오늘 태양이 뜨겁네

능소화 엔딩

여의천 담벼락 의지한 몸 배배 꼬였소
주렁주렁 꽃그네 타고 종소리 울리오

꽃 수술 심장 뛰노는 사랑 인증하리오
도톰한 암술 입술에 긴 입맞춤 끝

어제는 절정에 오른 주홍빛 꽃송이
오늘은 긴 여운 슬픈 나팔 소리 들리오

화려한 여름 통째로 댕강 떨구고
초연한 가을로 가는 사랑법 엔딩

빙산이 녹는 속도

백색 고요한 세상 서서히 무너지네

얼굴만 빼꼼히 보인 채 녹는 빙하
몸뚱이 물속에 잠겨 미래 생각해

역풍에 밀린 얼음 바위 각도 틀고
페트라 단단한 무덤 떠내려가네

거대한 섬 떠밀려 가는 건 대단한 일
마음 부서지는 것도 마찬가지지

화산 터지는 줄 모르고 끌어안은 청춘
급격한 온도 차이 모르는 사이 식었네

날마다 조금씩 파란 눈물 찔끔거리며
느린 걸음 해빙 녹아내리는 속도

사랑 길 잃고 슬픔 잊히는 건 닮았네

안개

1
아침마다 눈 뜨는 갯버들
물이 올라 솜털 뽀얗고

멀리서 오는 물빛 그림자
비 머금고 오려나

거미줄 옥구슬 꿰어 보내면
오리무중 소식 오려나

한계를 알 수 없는 그리움
아스라한 하얀 알갱이 나라

2
눅눅한 바람이 묻어온다

산 그림자 드러누워
밭은기침 토해내고

갈대숲에서 물끄러미
노래도 못한 새 한 마리

서서히 퍼지는 말간 탄성

앞이 보이지 않는 먼 거리
네가 금방 올 듯 눈 감는다

빗방울 판타지

하늘 관현악 웅장한 소리 품고
각각 악기 아직 제자리걸음이다

바람 냄새 숲속 전염시키고
구름 등 어루만지며 키득거린다

보랏빛 어둠 몰려오는 허공
고독한 풍경 눈물 달고 쿨럭

눈길 둘 데 없어 한들거리던
수레국화 끝내 얼굴 파묻는다

적막한 풍경 그대 동그란 얼굴
나의 사랑 물방울 판타지 세계

먹물 먹은 소리 특별한 날 변주곡
옥타브 높은 새 떼 장면 완성한다

난(蘭)

윤기 흐르던 잎새
긴 손가락
동여맨 기다림

가녀린 허리
꽃 싹 틔우다 상했나
부목 애처로워

은은한 난초 향
봄 입김 실려
보낼 곳 그대 심중(心中)

호접란

고귀한 자태
꽃눈 꽃잎 물고
수줍게 개화 기다려
목 긴 꽃대 봉오리
아래로 떨어지는 겸손
향내 은은하지는 않아
나비 수십 마리 날았다
당신을 사랑합니다*

키 작고 아담해도
색깔 화려하게 뽐내
향기도 진한 박하 내음
꽃대 지고도 밀어 밀어
요염한 나비 몇 마리
날았다 브라보스타**

*호접란 꽃말
**향기 나는 호접란

섬

오늘은 캄캄한 섬나라
생각하는 것마다 침몰

말도 붙이지 못해
파도 주위 맴돌다가
자맥질하는 바위

흐린 날 숨바꼭질로
가라앉는 너
아직 해석하지 못한 무게

나에게는 평생 섬이다

연

하늘이 저만치서 빗장 열고
네가 몰고 간 바람 빠르게

너는 방패로 방어하다가
가오리로 너울거리며

공중에 풀려가는 기다란 연실
팽팽한 꼬리 물고 달아나는 너

너의 속도 어르려는 나
마찰로 번뜩이는 얼레의 환희

높이 올라가서 가물가물 보이다가
쏜살같이 내리꽂는 가오리의 추락

사랑한다는 것은 날개 있어도
떨어질 곳 몰라 허둥대는 낙하산

줌 인, 줌 아웃

꽃병에서 내려온 갈대 얼굴
잊어야 한다고 주억거렸는데
가을 하늘거리며 고백하네

받은 꽃 마르고 부서졌어도
내내 그리웠다고 말하겠네

나의 사랑이, 나의 이별이
슬로비디오로 줌 인, 줌 아웃
계절 파노라마는 편집 중이네

로그인, 로그아웃

한구석에 들어와 자리한 너
보이지 않는 척 한눈을 판다

내가 할 일은 눈 가리고
속말 감추는 것이다

빛을 얻으려면
그림자도 감수해야 한다

자유를 자유라고 부를 수 없어
가늠할 수 없는 한계
너에게서 멀어진 밤의 꼬리

한 문장도 전송하지 못하고
메조소프라노로 바이 바이

이제 너와 나는
심장에서 로그아웃 되었다

명암(明暗)

사랑이 시작되자
빛 가슴에 들어와
종이비행기 날렸다

사랑이 떠나가자
별도 빛나지 않았다
밤사이 눈물샘 막혔다

가을비

별 떨어지던 눈빛 하나로
처음 만났던 그때
그 기적 수없이 부르고
또 노래해도 질리지 않던 우주

빗방울 하나 떨어진다

눈꺼풀 감기고
마른 입술 들썩거리고
너에게 가는 길 멀어
푸른 눈물 떨구며 지나간다

시월

나 떠난 것도 아니고
너 잊은 것도 아니라고

민둥산 갈대도
고개 끄덕이며 노래하네

처음 보았던 날 이후
너의 얼굴 동동 떠다니네

볼 수 없어도 보이네
갈대 실눈 웃음 재현하고

인디언 사람들 시월
네가 오기 기다리는 달이래

나의 시간 일 년 열두 달은
온통 시월이라네 아직도

남당항 새조개

새는 날아가지 못해 얼굴
작은 집 안에 구겨 넣었네

바다 바라보는 모습 기억해
뒤척이는 섬에 갇힌 내가 있네

꽃잎 반만 혀처럼 벌어지고
새털구름 파도처럼 일렁일 때

먹구름 와도 하얀 구름인 양
떨리는 사랑 묻고 물었네

심연으로부터의 오랜 자맥질
너에게로 가는 길 힘들어

나는 노래하지 못하게 부리를
단단한 집 안 깊이 가두었네

화살나무 2

활시위 당기지 못한 나무
발갛게 얼굴 붉히고

스산한 가을이 낸 길목
단단해진 마디 다독이고

콘트라베이스 묵직한 화음
가을은 겨울로 가는 통로

그리움의 두께 깎아낸
사랑의 밀도 녹록하지 않아

내가 쏘아 올린 화살 닿지 않아
너를 향한 사랑 증명하지 못해

흔들리는 바람의 눈길
가을이라 한 자루씩 속말 쏟아내

화살나무 3

그리운 이여
하늘에 화살 당깁니다

시위 떠난 마음
허공 아니라 너에게
보내는 사랑의 접점입니다

휘파람 소리 투명하게
엽서 내용 빨갛게
과녁 없는 화살
가을 중심에서 쏩니다

11월

낙엽은 나무 품으로
이슬은 풀잎 위
화려한 변복
서글픈 추락
저무는 시간 미련한 발걸음
가지 위 매서운 바람 불어
뿌리 다독이는 마지막 만찬
먼 계절 가는 무한 기다림
내일 꿈꾸는 나무
마른 손 내미는 뒤늦은 송가
눈부신 시간 밟고 가는 시간
너에게 전화하는 저녁 마무리
오늘 장식하는 어스름 끝자락 어디쯤

겨울 즈음

겨울나무
제 몸통 살리려
살 깎고 물관 압축하더니

노랗게 질리도록
그 아픈 사랑 했느냐고
묻고 또 묻습니다

까슬한 체취 남은 잎 순장
검불이 희망으로 이름 짓는 때

나뭇잎 사랑 행렬 찬란하게
희생 제사 묵묵히 바칩니다

2부

아쿠아로빅

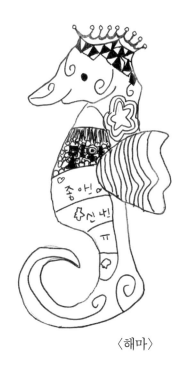

〈해마〉

아쿠아로빅

수업 끝나면 음악은 입 닫고
소요와 고요 지친 듯 하품하네

물의 속살 어린애 피부처럼 매끄러워
나는 물 자전거 굴리는 해마

먼바다 파도와 시간 기억하려고
꼿꼿이 서서 물살에 밀려다니네

'세월은 빠른데, 시간은 지루해'
옆 레인에서 물길 걷는 어르신 푸념

느린 포말 뿜어내다 사레 걸리는
전광판 초침도 발걸음 느린 오후

싱크로나이즈

너는 활공하는 꽃 무리
깃털 바람 가르는 새

너는 구르는 굴렁쇠
원형 물보라 곡예사

너는 파닥거리는 물고기
비늘 미끈한 인어공주

꽃 중의 꽃
진주 물방울 드레스

콧대 높은 발레리나

왼손을 위한 피아노 협주곡

흰색 슈트 남자
그림처럼 바다에 앉아

왼손으로 비상하는
갈매기 서너 마리
파도 위 걸쳐 놓는다

오케스트라 낮은 소리
날개 잃은 갈매기 군단
하늘로 도약하는 음표들

폭풍의 성량에 놀라
숨죽이던 오른손
드디어 여행길 합류한다

차르르 차르르 차르르

은어 떼를 몰고 온 심장
바다로 출렁 뛰어들자
붉은 열정 쇠잔하게 스러진다*

*1차 세계대전 중에 오른팔을 잃은 파울 비트겐슈타인을 위해
모리스 라벨이 작곡해 준 곡

아지랑이

햇살 아래 기지개 켜는 아침
징검다리 밑 언 몸 푸는 잔설(殘雪)
마른 잔디 뗏장 위 나른한 공상

차갑고도 깊은 겨울로부터
기웃거리는 봄볕 푸근한 날
눈 흘기는 꽃샘바람 무색해

들판 가득 꽃무늬 치맛바람

관찰하기

측백 옆구리에 햇볕 가두고
잠자리 날개 접어 앉고

바람 부는 날 기다리는 소식
자전거 바퀴 공회전이고

친구 따라 날아 냇가에 앉은
배고픈 가오리 날개 부풀린 존재감

물고기 언제 먹었는지 감쪽같고
맑은 물 흘러가는 여의천*

그림자 길게 저녁편지 보내고
황국 노랗게 해바라기 따라 졸고

수양버들 늘어진 팔 흔들흔들
세상은 분해된 시계처럼 복잡하고

단순한 사람 되고 싶은 어느 날

*청계산에서 내려오는 물이 신원동, 염곡동을 지나 양재천으로
흘러 가서 합치는 양재천의 제 1지류이다.

꽃밭에서

학교 앞 백일홍 잔치 벌어져
아이들 데시벨 점점 커다랗게
알록달록 고운 빛깔 꽃밭에서

꽃은 아이들 달싹이는 입술 같아
꽃잎들 깔깔거리며 하교 중
하얀 나비 날아드는 곳

백일의 여름 가을로 건너가네

할머니 달팽이

하얀 도화지 위
배밀이 하는 힘 대단하네

오늘도 꿈꾸고
그리는 만화경 세계

등불 켠
더듬이 촉수 반짝반짝

달팽이 배는
끈적한 슬라임 미끄러워

퇴고(推敲)도 느릿느릿해
할머니 달팽이*

거침없는 손길로 그리는
손녀 눈 까만 별 빛나네

*할머니 칠순 시집 『달팽이』 삽화(본문 7쪽)를 그린 8세 손녀 작품

참새가 될래

비 가려줄 지붕 없어요
대출이 던지는 점액질 유혹

미끄러지고 싶지는 않아요
'달팽이가 되느니 참새가 되겠어요'*

여기서 빨리 날아볼까요
느린 걸음마는 어떨까요

'집에 오는 길은 때론 너무 길어
나는 더욱더 지치곤 해'**

촉으로 빛나던 청춘은 가고
감으로 헤매는 어두운 세월

고달픈 인생길 살기는 살아야 해

절망은 희망으로 가는 과정일까요
다른 달팽이는 어디쯤 가고 있을까요

*사이먼과 가펑클(Simon & Garfunkel)의 〈콘도르는 날아가고(El Condor
Pasa)〉 가사
**패닉(Panic)의 〈달팽이〉 가사

고슴도치

암팡지고 거대한 화살집

털끝만 한 책도 안 잡히려
찔러 보지도 못하게
동그랗게 몸 웅크린

입에서 튀어나간 화살촉

누군가 말 한마디에
따가운 가시 박혀
미처 당기다 만 활시위

너는 하늘에서 떨어졌니, 땅에서 솟았니?

너는 나에게

떨리는 숨결
기다리는 설렘
기적의 선물

풀잎 이슬방울
도화지 파란 하늘
오선지 구르는 음표

매일 떠오르는 태양
우주에서 온 빛나는 별
너는 나에게 절대적 온유

너는 하늘에서 떨어졌니, 땅에서 솟았니?*

*만날 때마다 손녀에게 하는 귓속말

하모니카

1
바람은 흔적이 없습니까
열 줄 옥수수 알갱이
주르르 빨려 나와
튀밥으로 터지면
하늘로 밀어올린
별빛음표 흩뿌립니까
별 밤 강둑에 서서
어루만지는 저 입술은
그리움 치료하는
선율의 마술사입니까

2

줄지어 선 큐브들 행진
세레나데 하모니
부드러운 입맞춤입니다
천천히 뒤돌아보면 거기
들숨 날숨 드나들고
별 헤는 밤 아니어도
하늘은 어둠 밀어내고
음계 활공 허락합니다
가깝고도 먼 곡조
홀로그램 아른거리는
달빛 음색 흩어집니다

니나니 나니나 니나니나
니나니 나니나 니나니나

틈

구름 천천히 느려지고
걷다 뒤 뒤돌아보면

몇 발자국씩 벌어지는 거리

안타까운 사람 시간의 언어
자연과 사람 사이 멀어지고

어제와 오늘은 기억만 존재
쉼표와 마침표도 의미 있는데

우리 행보 멈춤 없었네

오수(午睡)

감은사지 석탑 보러 가는 길
빛 빠르게 굴절하고

먼지 먹은 바람 숨이 찹니다
세월 안고 멎어버린 풍경

솔잎가루 파는 할머니
노란 버짐 피었습니다

힘줄 돋은 푸른 손등
열무 단 시든 이파리 같아

쌍둥이 탑 서로의 그림자 밟고
수백 년의 바람 맞으러 가고

마을에서 내려온 신라의 한나절
느린 걸음으로 그늘에 숨습니다

하루 업고 가는 산 그림자
긴 등 내주고 오수(午睡) 즐깁니다

최백호 콘서트

젊은 날 기억하는 편지 레코드판 위에서 돌아가네*
회상 속 아득히 먼 시절 어제처럼 다가오네

어느 하늘 어디에선가 살근살근 조근조근 잘 있는지
그리움 한 자락 노래 따라 부르는 너의 목소리 들리네

그 가수 공연 보고 온 너도, 미국에 사는 너와 우리도
'보고 싶은 얼굴' 우리 젊음의 노래 합창을 하고 있네

추억은 가버리고 살아 있는 '낭만에 대하여' 읊조리면
옛사랑 간직한 그의 노래 먹먹한 인생 덧입히고 있네

*젊은 날 친구들이 결혼해 새댁일 때, 서로 보내던 편지, 칠십이
된 단체 카톡방.

뿌리

올림픽 공원 하부 노출한 소나무 군락

천년 기억 해체되어 배배 꼬인 다리
시간 결들 얼크러져 단단한 겨울 맞는다

세월 떠밀려 나이 들어 바람길 걷는다
나 어디서 왔다 어디로 가는 것일까?

말없이 늙어가는 고목과 합일한 시간
꽈배기 생각 구름 품으니 답이 보인다

감추어야 할 근간 놓고 사는 편안한 현존

공자 공부

1

제자백가 설(設) 모두 아우르는 식견
유교의 대가 휴머니스트 선생
공자를 공짜로 아는 지혜

인간 되려면 먼저 학문에 힘써라
세상은 글러도 애써 예 행하라
열심히 읽고 사고하고 실천하라
열심히 하라 순간도 헛되이 마라

해와 달이 변하랴 죽은 군자
벌떡 일어난들 이보다 더 밝으랴
하늘이 낳은 **목탁**(木鐸) 공지

나를 극복해 예(禮)로 돌아가면 인(仁)
내 마음 여니 우주의 큰 너와 나
우리 열린 마음 새로운 자유 논어(論語)

2*

자로왈(子路曰)

원문자지지(願聞子之志)하노이다

자왈(子曰)

노자(老者)를 안지(安之)하며**
붕우(朋友)를 신지(信之)하며
소자(少者)를 회지(懷之)니라

*필사(筆寫)
**늙은이들을 편안하게 해주고, 벗들을 신용으로 대하고, 젊은이
들을 따르게 하는 것이다(공야장편 25장 4).

노인의 나라

저녁에 잠들어
아침에 깨면
우리는 착한
법으로 살자

먹는 법
배설하는 법
말하는 법
웃는 법
걷는 법

이건 작은
약속 같은 거

겨울나무 움트고
봄 낙엽 지며
가을 녹음 우거진대도
별일 아니니
그대로 살자

꽃이 붉으면
너희 그리워하고
잎이 푸르르면
나를 기억하자

노인의 나라는
시침도 거꾸로
생을 끌고 가니까

단종을 그리며

깊은 산 굽은 허리 돌아
물길 가르는 뱃머리
고요히 들어보는 역사의 소리

시공이 정지한 아픈 장소
영월 청령포 가는 길

맺힌 설움 풀 데 없어
멍이 들어버린 진달래꽃

서늘한 강바람 물소리보다
슬픈 어린 임금의 속내

하늘에 닿을까 부르는 절규
귀가 닫힌 고해 절벽

떨어지는 돌부리 하나
날개 잃은 새의 절망

푸른 소나무 기지개 켜고
물 제비 날리던 자갈돌도
물가에 누워 노니는데

허공에 불러보는 그리운 청춘

도연암 도연스님

새 둥지 만드는 산새 스님
참새 곤줄박이 박새 동고비
새 도반들 숲 찬불가 쨱쨱
새들 식량 산수유 보리수

바람과 새들이 심은 자연
꽃밭은 씨앗 키우는 공양주
서리 내려도 꽃잎은
햇빛과 비의 혜택
자연이 기른 행복한 수양

새처럼 집도 절도 없는 마음
삼라만상 경전이고 불선인데
새처럼 자유 누리고 싶어
스님은 훨훨 두루미를 날린다*

*두루미를 도자기에 그린다

데레사 자매님*

허투루 보면 말캉한 연두부
단단한 수호천사 속내는 유리알

맑은 영혼 채워주시는 기쁨
선홍빛 루비 성체조배 시간

풀을 베어낸 곳 푸른 냄새 나
선함 있는 곳 향기 배어

빛 닮은 마음 커지는 시간
주님 사랑하는 순수 데레사

*고명지 시인 세례명

히야친타 자매님*

그미는
곱게 핀 애기똥풀만 보아도
행복한 웃음 터트리는 웃음꽃 장인입니다

그미 마음은
늦여름 꽃 지면 열매 뚫고 나온 목화
부드럽고 포근포근한 햇솜입니다

그미 아이디어는
눈 깜짝할 사이 순발력 톡톡톡
촉수 밝은 백열등 터지는 화수분입니다

그미와 만나면
시간에 발이 달렸는지
꼬리 무는 티키타카 후다닥 시간이 갑니다

그미는 온전한
철학자이며 멘토이고
도타운 동생이고 언니이며 친구입니다

그미의 열정은
완전하신 하느님과
지인들에게 온 마음 봉헌하는 자매입니다

*김윤정 수필가 세례명

소산비경(小山秘境)*

가로 39cm, 세로 19.8m 그림 밟고 다니는 아이들
자기 아이가 귀여운 아버지 아이 사진 찍는 중
아이 눕기도 하고 미끄럼타며 무릎으로 문지르고
작품 속 글자 뭉개지고 훼손하는 줄도 모르고

기사가 나자 더 많은 군중이 작품을 보러 왔다

박대성 화백 왈,

'그게 애들이잖아요? 애들이 뭘 압니까?
어른이 조심해야지 아무 문제 삼지 마요
그 아이들이 왔다 간 자국이 봉황이 왔다 간 자국이지
봉황이 지나간 자리에 그 정도 자국은 있어야 하지
그 아이가 아니면 내 작품을 보려고 그리 많은 사람이
오셨겠소?'

여백이 있는 박 화백 말씀 여운이 남는다
글씨와 그림 하나이듯이 화백의 마음과 작품은
인생 전체 순수 결정체 인생이 곧 작품이다

*소산 박대성 화백은 이건희 컬렉션 전속 화가이다.
《소산비경(小山秘境)》은 '김생 탄생 1300년 기념' 작품으로 통일 신
라 시대 김생의 글씨를 모필 한 것이다. 20m 액자에 달기에는 너
무 커서 천장부터 바닥까지 길게 늘어뜨렸다. 보험평가액이 1억 원
이 넘는 작품이다.

따뜻한 파도

송도 바다 잿빛 구름
숨바꼭질하던 보름달 찾았네

앵글 맞추다 손목 힘 풀린 어미
생수병 건네며 한마디
이런 거도 안 되네

저도 안 된 적 있어요
그럴 때 노여워 말아요

달 차오르고 사그라지는 일
시간이 늙어가는 일
이해하고 보듬으면 되지요

딸 어미 되고 아이 된 어미
따뜻한 파도 몸 푸는 보름이네

소묘(素描)

고만고만한 형과 아우
복잡한 지하철 안
넘어지지 않으려 뒤뚱거리다 마주 본다

숨쉬기도 힘들어 얼굴 밉상인데
아우 손에 들린 장난감 자동차
그만 형아 얼굴 스친다

'우왕'

울음이 터진 형아

'형아 아픈데 왜 그랬어?'

나무라는 엄마 말에 미안한 아우

목청 터지라고 운다
안 그래도 무안한데 엄마 말 서러워

'우왕'

초겨울

겨울로 가는 회색빛 하늘
바람에 입 맞추고 져버린 해

메타세쿼이아 나무 둥치 아래
풀잎 졸고 꽃도 거친 얼굴

참새 떼 지어 언덕 날고
늦가을 계절에 손 내밀어

자전거 바퀴 명랑하게 구르고
재빨리 달아나는 바람 소리

부드러운 허밍 하늘 날아
발랄한 음표의 독무(獨舞)

양재천 고요와 소란 속
차가운 어둠으로 숨을 쉴 때

성탄

올해도 펑펑 눈 내린다
분분히 날리고 덮이다가
자분자분하게 흩뿌린다

사랑하는 모두에게
탄생 알리는 작은 숨소리

누리에 축복이 쏟아지는
평화의 눈꽃 메시지
폭죽처럼 환희 터트린다

오! 거룩한 성탄이다

성탄 축제

너의 할머니 되기 전 나는 치기 어린 소녀
눈은 펑펑 쏟아지는데 내 청춘의 성탄 시간

그 눈 내리던 밤 서릿발 소나무 위 눈
지금은 머리에 자리한 포근한 행운의 백발

누구에게도 눈은 내리고 아이 동공에 눈꽃
너와 나의 겨울은 루체비스타로 빛나는 축제

Show Me The Money

쇼 미 더 머니, 쇼 미 더 스플릿*

리듬엔 자유 있어야 멋이지
춤에는 웨이브 있어야 스웩이지

머릿속엔 구조물 촘촘하게
하루가 짧아도 할 말 많아
언어의 집을 짓고 부수고

비트 쪼개는 관절의 꼭두각시
뱉어낸 말 뛰고 걷다가 절기도
랩에서 인생 아는 철학 대단해

돈이 고프니 돈이 보이니 돈이 뭐니
사랑이 뭐니 마음이 뭐니 정신도 짱

너는 비트 가지고 노는 힙한 히로인

*split, divided: 쪼개다

얼음꽃

호수에 제 몸으로 환생한 꽃 무리
햇살 눈 저격한 빙점 얼굴

바람에 밀리고 시공 넘어선 시야
깨질 듯 만져질 듯 깊은 호수
빛나는 얼음판에 핀 동심원

가슴에서 뻗어 나온 물의 수족들
철갑 겨울잠에서 동그란 눈 뜬다

기지개로 뻗어가는 농담(濃淡) 섞은
수묵화 한 점, 또 한 점 만발하다

얼음 뚫는 총알 자국마다
봄으로 부활한 얼음꽃 정원 장관이다

백운호수엔 꽃의 중심이 자라고 녹는다

3부

저녁때

〈촛불〉

저녁때

어머니 얼굴
수수처럼 붉어지면

기름 두른 번철 위
수수부꾸미도 홍조를 띤다

고소한 냄새에
수수대궁
사각거리는 소리

수수밭 길로 돌아오던
아버지 노랫소리

붉은 노을도
슬며시 기웃대다가
황급히 산을 넘는다

안녕, 멜랑콜리

잿빛 구름 서서히 걸음 옮긴다

미명부터 어스름 저녁까지
구름 발자국만큼 무료한 눈동자

거울에 비친 입꼬리 눈치 보며 말 건넨다

'김치'
'치즈'

아직도 입술은 김치 치즈 해독하지 못해
디저트로 슬픔 녹인 초콜릿 찾는다

따스한 전등 켜지는 시간이 올 때까지는

거울은 하얀 입김 위에 명랑한 음표
그리고 또 그리는 연습 하라고 독촉한다

입은 그제야 김치와 치즈라고 발음한다

'안녕 멜랑콜리, 멜로디 인 마이 라이프'

반쪽 눈물

빗방울 달려드오
하나의 원으로
엄청난 힘으로 끌어안으오
1이 1을 사랑한다고 하오

마른 바닥 사선으로
내리치는 빗금에 맞았소

물방울 원 밖으로 흐르오
다시 모일지 나는 모르오
1에서 2로 나누어지오

비 그쳐도 마르지 않는
깊게 젖은 슬픔
내 반쪽 눈물이라오

울음의 꼬리

날이 무딘 칼로 사과를 깎는다

퍼런빛 사라진 과도는 게으름 피운다
아직 버리지 못하는 어머니 회색과도

무디어진 말 뱉으라고 재촉한다
어머니는 벼리고 벼린 언어로 나를 키웠다

미미한 소리에도 움찔하던 나는
칼날에 베인 듯 울기만 했다

붉은 사과껍질 오래된 슬픔 돌돌 말고
어머니 칼에 베여 피가 번지고 있다

어머니 소천하실 때도 몰랐다
새의 노래는 노래가 아니라 목청껏 운다는 걸

사과와 나는 꼬리 긴 울음으로 맴을 도는 중이다
어두운 이 밤 지나고 나면 울지 않을 것이다

어머니 나무

산 오르던 팔순 어머니
소나무 등걸 쓸어 안아보고

등치기와 배치기를 한다
쉰하나, 쉰둘, 쉰셋

솔잎처럼 푸르르던 목소리
소나무 삭정이로 버석거린다

여든하나, 여든둘, 여든셋

어머니 선창에 목이 메어
여든하나, 여든둘, 여든셋

소나무 껍질로 쩍쩍 갈라진
어머니 송진 향내 나를 품는다

종일 비는 내려

어머니 당신을 보낸 시간과 시간 사이는
길기도 하지만 짧기도 해요

수식 더하고 빼다가 빗방울로 튀었어요
왈칵 콧등에서 켜지던 센서
눈물 넘쳐 붉은빛 사라지지 않아요

가슴에 묻는 일이란 눈 감아도 가릴 수 없어
심장에 파란 사선으로 빗금 치는 일
당신을 잃어버리고 당신을 그리워해요

입술 앙다물게 하는 시간은 소름이 돋아요
우산 버리고 알몸으로 비 맞는 것보다 추워요

당신과의 일상이 빗방울로 흩어져버리면
종일 비는 지금처럼 차갑게 소리 내겠지요

조울

이 빠진 접시 문양 아름다워서일 게다
식사 마친 그녀 접시 들고 요리조리 들여다본다

기름 손때 반질반질한 틈새 만지다 버럭 화를 낸다
깨진 사금파리 같은 투박한 그녀의 생(生)
하얀 유리 조각 파편으로 걸어 나온다

거울 앞에 선 그녀
매끄러운 유약이라도 바르듯 립스틱 바른다
빨간 입술 벌어지며 노란 옥니 튀밥 튀기듯 깔깔거린다

잿빛 우울 오렌지빛 햇살과 조우하는 일몰이다

푸른 사과

유년 어느 날 어머니는
푸르스름한 사과 한 알 주셨다

어린 나는 왈칵 눈물 쏟고 말았다
항상 빨갛고 맛난 사과만 주시던
어머니가 이럴 리가 없는 것

두 번째 푸른 사과 건네신 건
어머니 팔순 넘기신 때였다

그때부터 알아차렸어야 했다

풋사과가 때가 되어 붉어진 건
태양 열정이 빚어낸 결과이듯이

어머니 내리사랑인 달콤한 사과는
딸에게 바치던 모정 광합성임을

유리 침대

국립과천과학관 종려나무 깊은 수면에서 깨어나네

어머니 손금처럼 손바닥 잎맥 갈라진 부채꼴 잎사귀
종려나무 5000만 년 전부터 물고기 화석과 노네

태초가 있었고 어머니의 어머니들 영원한 휴면

할머니의 아이인 어머니 하늘로 돌아가시고
어머니의 아이로 태어나 유리 침대 마주하네

고대 화석 된 종려나무 맥 세세히 짚어보네
세계 최대 종려나무잎 화석* 오늘로 귀환한 시간

유리 침대 4m 넘는 틀 유지해 종려 종(種) 살렸네
영원하고 싶은 시공간 어제가 오늘의 미래였네

할머니와 어머니와 종려처럼 잠들면 부활하는데
얄팍한 멘탈 나 마법으로 유리성에서 깨워 주기를

*세계 최대 종려나무잎 화석(가로 2.4m 세로 4.3m)으로 미국 와이오
밍주에 분포하는 신생대 에오세(Eocene)의 그린 리버 층(Green River
Formation)에서 발견된 것으로, 주변에 4종에 속하는 10마리의 담
수어류 화석이 함께 보존되어 있다.

눈 뜨면 또 잠

눈 뜨면 아침이고
밤 되면 잠 청하고

초침은 분침에
분침은 시침 따라
시침은 하루 넘겨주니

문은 날마다 열리지만
알 수 없는 오늘 시계

느리게 가는 시간
일 없어 또 잠드는 밤

목화꽃 어머니

어머니 영정사진 옆 화분
노란 꽃 지고 나더니

솜털 키우던 목화송이
뭉게구름 열매 열렸습니다

어머니 말 가두어버린 액자
어머니 웃음으로 피어납니다

마리나 어머니 잘 계시지요
아름다운 목화 어머니입니다

작은 꽃잎

어머니 손톱 깎아 드린 적 몇 번이었나

그예 황소고집 당신 껍질 안 보이고
꼿꼿한 허리 구부러진 활 되어
두꺼워진 발톱과 씨름하셨지

돋보기 너머 눈 게슴츠레 사위어 갈 때
봉숭아 꽃물 다 빠져가는 손톱
부끄러운 색시처럼 내밀었지

나는 소인이었고 어머니는 소인 왕국 걸리버였어
내가 걸리버 대장 되고 어머니 난쟁이 되셨지

잘려나가는 손톱 걸리버 조각 아니었지
등 굽은 난쟁이 작은 꽃잎이었어

지금도 하늘에서 누구에게 고운 손톱 맡기시며
그 부끄러운 미소 짓고 계실까?

매미 1

나뭇등걸에 매달려
한낮 내내 악을 쓰던 매미
저녁놀 산허리 감아 들자
언제 그랬냐는 듯
쥐 죽은 듯이 고요하다

아침이슬도
내게 맞춰 굴러야 하고
저녁별도
나를 향해 반짝여야 한다고
말도 아니게
쇠심줄처럼 어깃장만 놓던 나

늦은 나이 허리춤으로 감아
돌고 나서야 내가 나에게서
입을 닫아버리고 조용하다

막무가내 떼를 쓰다가
내가 부리지 못한 여름은
매미가 두고두고
노래로 울어 젖힐 것이다

매미 2

똑같은 말 머금고
게워내는 일 반복하는 매미

한계 넘는 열정의 합창
맴 맴 맴 맴 쓰르르 쓰르람

울음은 쟁쟁한 메아리
끈질기게 부르는 사랑 노래

빛바랜 그물 속 졸던 그녀
어제 버린 날개옷 입고

한여름 낮 꿈 쩽쩽한
매미 소리 카피 중이다

맴 맴 맴 맴 매앰 맴

매미 3

히스테리컬한 아침 찬 바람
술래 된 할머니는 어머니 찾고

한 꺼풀씩 벗겨내는 소리 알맹이
매미울음 섞인 어머니 옹알이

뜨거운 여름 다 가도록
할머니 말은 날개 달고 날았다

쪼글쪼글한 입술에서 내는 소리
날카로운 카나리아 한풀이

날개와 소리 얻은 할머니 매미들
배음 깔린 묵힌 말 폭탄 터트리고

이 여름, 부채질하듯 파닥거리며
벚나무 땅속 매미, 껍질 벗고 날았다

로사리오

어머니 마리아
가을바람 차갑습니다
정원에는 마른 꽃 흔들립니다

때마다 올리지 못해 낙화로
남겨진 말은 말이 아니라
떨어지는 눈물방울입니다

어머니께 드리는 장미 화관
이제 수혈 시작합니다
계절이 선물하는 순수 모아
한 송이 한 송이 한 다발

정결하신 어머니께 바치는 묵주
메마른 입술로 봉헌하는 연가
참회로 기쁜 저의 두 뺨
붉디붉은 황홀한 만추입니다

어머니의 시간은 평화입니다
마리아 어머니, 어머니 마리아

프리저브드 꽃의 변명

바람 온도 차갑고
흐르는 눈물 뜨거워

때마다 오지 못해 슬픈 이야기
꽃 지고 목마른 꽃 스타치스

말린 꽃 사이 잊었던 계절
봄에 눈 맞춘 어머니 얼굴
여름에 색 바랜 사진
꽃그늘 아래 계시다

낙화로 구겨진 눈물 바치는
납골당 나는 비극 배우
가을 길목에 노을 길게 눕는다

다시 어머니의 일몰, 주황빛이다

화살나무 4

회색 겨울은 단단한 침묵
새순 초록은 봄날 입자
여름내 줄기 톱날 켭니다

아, 저 붉은 단풍의 사열식

태양 둘레 서성거리며
투명한 산란 옷 입은 바람
살갗 태운 인내의 가을엽서

오, 빛이신 당신이 빚으신 사계(四季)

너와 나의 순간은 순례자로 남아
벼리고 벼린 가시 속 피어난
당신이 주신 완전한 평화에 듭니다

화살나무 5

제 몸 물 아껴 붉은 옷 입은
화려한 나무 희생 제사 바칩니다

나무 가시 몸으로 고통 나누고
등불 든 처녀 기름 사릅니다

순명(順命)의 삶 살게 하소서
화살 시위 당기게 하지 마소서

기도는 음절마다 치유와 회복의 힘
가시로 뱉은 말들 동면에 듭니다

흔적

눈 내리고 있소
나는 새를 부르고 있소
마음은 거꾸로 길 내고
새 찾지도 못한 채 뒷걸음질이오
조그만 입 빨갛게 얼어버렸고
파랗게 멍든 발자국 길 따라가오

눈 세상은 묵묵히 말이 없소
들판 긴 고독 속에서 침묵하는지
기억은 미련의 시간 밟고 가오
아득한 눈 쌓이기만 할 뿐 답이 없소

눈발 말 삼키고
새의 노래 끊긴 지 한참이오
분분히 날리는 설상화 위
무채색 바람 기침 쿨럭거리며
올해도 새 발자국 따라가고 있소

4부

나비야, 나비야

〈고양이〉

나비야, 나비야

겨울 볕 아래
수염 난 하얀 뭉치

등허리 말고
털실 타래 놀이

둥글게 둥글게
오수 삼매경

호수보다 푸른 눈
발톱 허공 가르네

나풀대는 나비의 춤
아, 상한 날개
속절없는 추락

나비야, 나비야
누구를 부르는지

팔랑 팔랑 꽃 찾던 나비
살금살금 나비 쫓는 고양이

나비

꽃 어지러워 눈 맞출 수
없어 휘청거리는 바람

나비 주둥이 돌돌 말고
바람 자기 기다릴 뿐

솔바람 부르는 소리
시인 읊조리는 시조 한 수

한 마리 나비 날고
오후 낮잠 달콤한 자장가

폭포 쏟아지는 메밀껍질
베갯속 꿈꾸는 장자 나비

봄

별사탕 주렁주렁
매달은 노란 개나리

병아리 첫눈에 띄었네
움트는 봄이 왔어요

어미 부르는 소리
삐악삐악 삐악삐악

남애(南涯)의 봄

포구 감싸 안은
방파제 끝자락 항구

서로 기도하는 등대

하얀 등대와 눈 맞추며
바다로 가는 겨울

빨간 등대 손짓에
포구로 오는 봄

불꽃 흐드러진
밤바다 봄 바다

목련

뽀얗게 부푼 몽우리
겹겹이 쌓은 부끄럼
풋풋한 사랑 필락 말락
꽁꽁 싸매놓은 젖가슴
터질듯한 봄 마당

석곡 앞에서

너의 향 짙다고
누가 격조 논하리

잎도 줄기도
수수한 봄 처녀

은은한 얼굴
바위에 기대어
웃기라도 하면

저 고매한 난도
울고 가리

담쟁이

담벼락 기어가는 햇빛 사이
공중그네 타는 아지랑이 보아

봄의 소리 귀 기울여 듣는지
담쟁이 왼쪽 귀 파르라니 떨리네

혈관에서 뽑아낸 승리의 촉
음지도 양지 되는 마법

부활한 잎사귀들 잔치
겨울 이기고 봄옷 입었네

마중하는 담쟁이 걸음마
새봄이라 정답게 손잡았네

옆으로 나란히 나란히
오 푸르른 강강수월래

대나무

소슬바람 훑고 가면 한 폭 동양화
죽순 움트는 소리 댓잎 우는 소리

너를 꺾어 맑은소리 내볼까나
너를 울려 시 한 구절 얻을까나

마타리

노란 기지개 길어지는
오각형 별꽃 무리

황금 바람길 마실 왔네

자글자글한 웃음
선하품 하는 여름

들길이 무르익은 게야
가을이 오려는 게야

맨드라미

붉은 태양 아래
꽃 화관 쓴 제왕
늠름하기도 해라
꼬박 졸던 수탉
꼬끼오 꼬끼오

눈이 부신 오후
노란 벨벳 벼슬
촛불 끄지 못해
꽃잠 자던 암탉
꼬꼬댁 꼭꼭

자귀나무

새벽이면 흔들리는 이슬
주렁주렁 매달고 일어난

분홍 나비 떼 지어 나네

햇살 아래 속눈썹 길어져
삽상한 바람 어깨춤에도

구름 솜 꽃술 일렁거리고

별 뜨는 밤 접은 이파리
오늘도 포근한 신혼이네

늦여름

오리 떼 종종걸음
강 하구로 가는 길

진흙 바닥 줄 잇는 물갈퀴 그림
강물에 몸 담그는 구름
물장구 파닥이는 더위 달랜다

젖은 풀들 설레게 하는 어둠
수면 위 까만 비로드 깔고 눕는다
시야 가리며 운 떼는 여름밤 갈대
서걱거리는 시간 발 떼지 않는 무더위

풍덩

달빛으로 멱을 감는 중이다

달밤

청람한 하늘 아래
삼상한 바람 불어
별들 숨바꼭질

풀벌레 소리 그윽해
지나던 달 길 멈춰
귀 기울여 듣네

수련

수면 덮은
빛으로 휘황한 꽃 무리
튼실한 생각 길러낸 생명 꽃

어둠 뚫고
기도로 밝힌 글로리아
위대한 모성 젖은 태양 출산 중

파도 1

바다는
까치놀*로
제각각 다른 춤 춘다

바위는
부딪쳐오는 물결 안아주고

모래는
들썩이는 잔물결 재우는데

파도는 근심 많아 수런거린다

*석양에 멀리 바라다보이는 바다의 수평선에서 희번덕거리
는 물결

파도 2

아무것도 모르는
어린 파도

매일 낮 매일 밤
나란히 손잡고
강강수월래 놀자고 하네

일찍 자리 잡고
잠드는 바위 대답은

달 뜨는 밤

내일은 그러자
이 밤 지나고 나면

내일은 그러자
보름달 뜨면은

보름달

달의 중심에서 바라보면
겹으로 둘러싸인 꽃 핀다
한 자락 한 자락 벗을 때마다
생의 바깥으로 퉁겨지는
노란 젖무덤 신기루

마중하는 하늘 멈춰
미련한 등 떠미는 부끄럼
몸 둥글리고 높게 뜨는 날
손바닥 한 아름 들어 올리는
충만한 개화 보름

귀뚜라미

달 휘영청 밝은데
가늘고 긴 멜로디
가을 전령사 또르르

누가 다가가면 숨죽이고
달빛 비추면 소나타

술 향 취해 잔에 빠지고
누가 없어도 좋은 가을밤
자연 교향악 또르르

낙엽

내가 이 세상의 주인이다
푸르른 가을 하늘 아래
일필휘지 붉을 홍
불붙은 삼라만상 광명이다
겨울 한 숟갈
봄 세 숟갈
여름 열 숟갈의 빛

이젤에 화지 갈아 끼운다
나무 밑동엔 연륜 겉옷 입히고
우듬지엔 영혼 해탈 매단다

낙엽에 몸을 눕힌다
눈꺼풀 열어 세상 보면
천 년 활공하는 빛의 순례길
사계(四季) 담은 언어 성찬
떨어질 잎에 새겨져 내일 꿈꾼다

활활 가을이 타들어 간다

초승달

눈썹만 그린 달
밤 치마폭 귀퉁이
실눈으로 웃는지 우는지
속살 키워 갈 동안
사랑도 무럭무럭
동그마니 익어갈 테지

화살나무 1

다닥다닥 매달린 잎사귀
가벼운 무게로 날아가려는가

손끝마다 부드러운 날갯짓
먼 겨울로 가는 활시위 하나

가을이면 보내는 빨간 엽서

하늘 향해 중심을 쏘면
화답하는 아스라한 표적

아, 사랑 나무 아, 붉어진 가을

측백

초겨울 바람 앞에서
서쪽으로 여민 외투 자락

억겁 지나도 갈피마다
대쪽 같은 결기 돋보여

푸르른 눈물 찍어내는
우주 떠돌이 별사탕

달팽이

김효정 지음

발행처	도서출판 **청어**
발행인	이영철
영업	이동호
홍보	천성래
기획	육재섭
편집	이설빈
디자인	이수빈 ∣ 김영은
제작이사	공병한
인쇄	두리터

등록   1999년 5월 3일
         (제321-3210000251001999000063호)

1판 1쇄 발행 2024년 10월 30일

주소   서울특별시 서초구 남부순환로 364길 8-15 동일빌딩 2층
대표전화 02-586-0477
팩시밀리 0303-0942-0478
홈페이지 www.chungeobook.com
E-mail   ppi20@hanmail.net

ISBN   979-11-6855-289-0(03810)